AF336058

Vente des Mercredi 19 et Jeudi 20 Mai 1880

HOTEL DROUOT, SALLE N° 6

A DEUX HEURES

TABLEAUX ET DESSINS

PAR

Feu MARCELLIN DE GROISEILLIEZ

TABLEAUX, AQUARELLES ET DESSINS

PAR DIVERS

Eaux-Fortes par C. MERYON et divers Artistes

COMPOSANT SA COLLECTION

EXPOSITION PUBLIQUE

Le Mardi 18 Mai 1880, de une heure à cinq heures.

<table>
<tr><td>Mᵉ Henri LECHAT</td><td>M. Georges PETIT</td></tr>
<tr><td>COMMISSE-PRISEUR</td><td>EXPERT</td></tr>
<tr><td>Rue Baudin 6 (square Montholon)</td><td>Rue Saint-Georges, n° 7</td></tr>
</table>

PARIS — 1880

Vᵉ RENOU, MAULDE et COCK
IMPRIMEURS DE LA COMPAGNIE DES COMMISSAIRES-PRISEURS
Rue de Rivoli, 144

CATALOGUE

DES

TABLEAUX ET DESSINS

PAR

Feu MARCELLIN DE GROISEILLIEZ

TABLEAUX, AQUARELLES ET DESSINS

PAR

Corot, Troyon, Michel, Flers, A. Pasini
J.-F. Millet, Th. Rousseau, H. Daumier, Vollon, Bonvin, Ch. Jacque
Ph. Rousseau, etc., etc.

Eaux-Fortes par C. MERYON et divers Artistes

COMPOSANT SA COLLECTION

DONT LA VENTE AURA LIEU

HOTEL DROUOT, SALLE N° 6

Les Mercredi 19 et Jeudi 20 Mai 1880

A DEUX HEURES

Par le ministère de **Me Henri LECHAT**, Commissaire-Priseur,
rue Baudin, 6 (square Montholon),
Assisté de **M. Georges PETIT**, Expert, rue Saint-Georges, 7,
CHEZ LESQUELS ON TROUVE LE CATALOGUE.

EXPOSITION PUBLIQUE

Le Mardi 18 Mai 1880, de une heure à cinq heures.

PARIS — 1880

CONDITIONS DE LA VENTE

Elle sera faite au comptant.

Les Acquéreurs paieront, en sus des adjudications, CINQ CENTIMES PAR FRANC, applicables aux frais.

MARCELLIN DE GROISEILLIEZ

La mort enlevait il y a quelques semaines à l'art et à ses amis un paysagiste de talent, jeune encore, MARCELLIN DE GROISEILLIEZ. Depuis trois ans, une maladie cruelle, qui ne lui laissa ni trêve ni répit, l'avait contraint à renoncer pour toujours aux travaux qui furent la passion de toute sa vie. Avant de présenter au public les œuvres de l'artiste, qu'il nous soit permis de dire quelques mots de l'homme. Caractère simple et droit, il comptait beaucoup d'amis qui lui restèrent fidèlement attachés. Pasini fut son premier maître. Il lui tardait de commencer ses études d'après nature, empreintes d'un sentiment à la fois si vrai et si profond. Dans plus d'une, la note mélancolique domine, mais c'est une mélancolie douce. Il fit de nombreux voyages en Normandie, en Bretagne, en Provence, dans les Pyrénées ; mais la nature du nord de la France l'attirait plus que celle du midi, un peu violente pour son tempérament. Ses meilleures toiles sont de Cernay, de Samois, du Bas-Meudon, de la Normandie ou des bords de l'Oise. Corot, Daubigny remarquèrent ses premiers envois au Salon, et dès lors, aidé par les conseils de ces deux maîtres regrettés, il fit de rapides progrès.

Les amateurs qui ont été à même d'apprécier ce talent déjà mûr répondront à notre appel ; ils trouveront dans les œuvres qu'il a laissées, dans les études dont il ne voulait de son vivant se séparer à aucun prix, des intérieurs de parcs, des vues de villes, des paysages avec des animaux, des forêts, des marines, en un mot la reproduction sous toutes ses formes de la nature, qu'il étudiait et surprenait avec des yeux ouverts et sensibles à toute beauté. Nous signalerons les principales : *la Plage de Saint-Malo*, qui obtint un vif succès au Salon de 1867; *les Laveuses à Mantes*, d'une poésie si vraie; *le Pont du Gard*, œuvre magistrale; un *Intérieur de cour à Samois*, des *Maisons dans la verdure à Moussy;* un grand nombre de paysages d'Anvers, des bords de la Seine et de la Marne. Les amateurs trouveront également des dessins qui ont le même charme, et dans la collection particulière du vaillant artiste, une *Matinée* de Corot, un *Pâturage* de Flers, une *Marine* de Jules Hereau, un *Campement arabe* de Pasini, une *Nature morte* de Ribot, une *Étude* de Troyon, enfin des aquarelles et des dessins de Daumier, de Jonking, de Théodore Rousseau, qui font le plus grand honneur à son goût éclairé.

Pour nous résumer, nous dirons que DE GROISEILLIEZ n'est pas le peintre des forêts désolées, des nuées orageuses, des grèves désertes, des altières falaises, mais il a exprimé avec autant de sincérité que de poésie la nature bonne et simple, telle que nous l'aimons et la voulons quand nous allons lui demander le repos que les agitations de la vie de Paris rendent nécessaire : la nature avec ses pommiers en fleurs, ses blés verdoyants et ses foins coupés, qui répandent de si délicieux parfums.

Notre jugement, nous en avons la conviction profonde, sera ratifié par le public qui lira ces lignes.

Jules MAZ.

Paris, le 27 mars 1880.

TABLEAUX

PAR

MARCELLIN DE GROISEILLIEZ

1 — Le Pont de Gard.

2 — La Seine à Mantes.

3 — Les Fonds de Moussy au printemps.

H. 82 c. L. 1 m. 35 c.

4 — Plage de Saint-Malo à marée basse.

H. 72 c. L. 1 m. 20 c.

5 — Le Chemin vert à Auvers

H. 65 c. L. 92 c.

6 — Les Meules.

H. 65 c. L. 92 c.

7 — Roches de Guisseny (Finistère).

H. 48 c. L. 75 c.

8 — Paysage d'automne, près Auvers.

H. 48 c. L. 75 c.

9   Paysage (Effet de matin).

H. 48 c. L. 75 c.

10 — La Mer près de Cannes.

H. 48 c. L. 75 c.

11 — Le Pont d'Auvers.

H. 42 c. L. 64 c.

12 — La Route d'Auvers.

H. 42 c. L. 64 c.

13 — L'Entrée du village.

H. 42 c. L. 64 c.

14 — Souvenir des Pyrénées.

H. 42 c. L. 64 c.

15 — La Récolte du goëmon près de Saint-Malo.

H. 75 c. L. 1 m. 20 c.

16 — Intérieur de jardin.

H. 63 c. L. 92 c.

17 — Une Rue de village.

H. 65 c. L. 92 c.

18 — La Mare.

H. 48 c. L. 76 c.

19 — Le Moulin neuf à Auvers.

H. 47 c. L. 65 c.

20 — Bords de l'Oise à Auvers.

H. 41 c. L. 55 c.

21 — Un Lavoir dans le midi.

H. 46 c. L. 55 c.

22 — Une Ferme à Auvers (Soleil couchant).

H. 46 c. L. 55 c.

23 — Falaises d'Etretat.

H. 32 c. L. 46 c.

24 — Un Étang.

H. 28 c. L. 41 c.

25 — Souvenir des Pyrénées.

H. 28 c. L. 36 c.

26 — Bords de la Marne.

H. 33 c. L. 40 c.

27 — Peupliers au bord de l'eau.

H. 38 c. L. 46 c.

28 — Le Haut des falaises.

H. 31 c. L. 42 c.

29 — Le vieux Pont.

H. 21 c. L. 33 c.

30 — Une Chaumière sur la falaise.

H. 43 c. L. 32 c.

31 — Chemin bordé d'arbres.

H. 33 c. L. 47 c.

32 — Un Champ de blés.

H. 42 c. L. 33 c.

33 — Bateaux sur une mare.

H. 33 c. L. 46 c.

34 — Une Vallée aux Pyrénées.

H. 33 c. L. 41 c.

35 — Rocher dans les bruyères.

H. 25 c. L. 36 c.

36 — Ruisseau sous bois.

H. 29 c. L. 36 c.

37 — La Route (Effet de soleil).

H. 25 c. L. 36 c.

38 — Les Moulins à vent.

H. 26 c. L. 35 c.

39 — Lisière de bois.

H. 27 c. L. 41 c.

40 — Le Clocher du village.

H. 23 c. L. 33 c.

41 — Bords de l'Oise.

H. 22 c. L. 33 c.

42 — La Tamise.

H. 22 c. L. 33 c.

43 — Moulins à vent.

H. 23 c. L. 29 c.

44 — Plaine (Effet d'orage).

H. 21 c. L. 32 c.

45 — La Seine à Saint-Germain.

H. 22 c. L. 33 c.

46 — Ruisseau bordé de peupliers.

H. 35 c. L. 25 c.

47 — Un Carrefour en Bretagne.

H. 27 c. L. 35 c.

48 — Le Moulin à eau (Effet de printemps).

H. 27 c. L. 34 c.

49 — Sentier dans les roches.

H. 27 c. L. 42 c.

50 — Le Village de Samois.

51 — La Fenaison.

H. 28 c. L. 35 c.

52 — Bords de la mer à Cannes.

H. 24 c. L. 36 c.

53 — Rocher près Saint-Malo.

H. 25 c. L. 35 c.

54 — Le Puits.

H. 36 c. L. 27 c.

55 — Roches au bord de l'eau.

H. 27 c. L. 35 c.

56 — Une Rue à Auvers.

H. 42 c. L. 33 c.

57 — La Mer à Cannes.

H. 28 c. L. 36 c.

58 — Pâturage.

H. 33 c. L. 56 c.

59 — Bords de l'Oise.

H. 33 c. L. 46 c.

60 — Vaches au pâturage.

H. 33 c. L. 41 c.

61 — Prairie avec animaux.

H. 33 c. L. 46 e.

62 — Pâturage de Normandie.

H. 43 c. L. 65 c.

63 — Une Ferme en Bretagne.

H. 19 c. L. 25 c.

64 — Une Rue à Auvers (Effet de neige).

H. 27 c. L. 23 c.

65 — Effet d'orage.

H. 23 c. L. 30 c.

66 — Chemin dans la plaine (Effet de soir).

H. 24 c. L. 31 c.

67 — Plage à marée basse.

H. 25 c. L. 32 c.

68 — Entrée de la Tamise.

H. 21 c. L. 35 c.

69 — Le Clos à Auvers.

H. 33 c. L. 36 c.

70 — Chaumière dans une vallée.

H. 33 c. L. 36 c.

71 — La Mer à Saint-Malo.

H. 33 c. L. 36 c.

72 — L'Église du village.

H. 27 c. L. 36 c.

73 — Clairière en forêt.

H. 36 c. L. 27 c.

74 — Le Pont de Chatou.

H. 36 c. L. 27 c.

75 — Chemin dans une vallée.

H. 36 c. L. 27 c.

76 — Vue d'Auvers.

H. 23 c. L. 36 c.

77 — Le Champ de blé.

H. 21 c. L. 36 c.

78 — Sentier à travers champs.

79 — Vue générale de Saint-Malo.

H. 33 c. L. 47 c.

80 — Marée basse à Saint-Malo.

H. 22 c. L. 35 c.

81 — Embouchure de la Rance à Saint-Malo.

H. 25 c. L. 37 c.

82 — Une Rue à Auvers.

H. 35 c. L. 27 c.

83 — Environs d'Auvers.

H. 25 c. L. 33 c.

84 — La Passe du Diable, près Saint-Malo.

H. 17 c. L. 27 c.

85 — Le Phare du Diable à Saint-Malo.

H. 17 c. L. 27 c.

86 — La Seine près de Poissy.

H. 17 c. L. 27 c.

87 — Bords de la mer près de Cannes.

H. 17 c. L. 27 c.

88 — Le Laboureur.

H. 13 c. L. 30 c.

89 — Souvenir d'Italie (Étude).

H. 33 c. L. 24 c.

90 — Sous ce numéro est catalogué un lot
d'Études non encadrées.

TABLEAUX .

PAR DIVERS

—

AQUINO (D')

91 — Paysage (Effet de matin).

ARUS

92 — Une Halte.

COROT

93 — Paysage (Soleil couchant).

FLERS

94 — Pâturage de Normandie.

FLINC

95 — Tête de vieillard.

FLEURY (L.)

96 — Paysage montagneux.

HÉREAU

97 — Marine.

HÉREAU

98 — Pâturage.

LÉPINE

99 — Bords de rivière (Effet de lune).

MICHEL

100 — Côtes de Hollande.

PASINI

101 — Campement arabe (Effet de nuit).

RIBOT

102 — Nature morte.

TROYON

103 — Étude de ciel (Soleil couchant).

DESSINS ET AQUARELLES

PAR DIVERS

—

BONVIN

104 — Après le travail.

Aquarelle.

COROT

105 — Dessin à la plume.

DAUMIER

106 — Chanteur des rues.

Aquarel

DAUMIER

107 — Mère et Enfant.

Dessin.

DAUMIER

108 — Les Amateurs.

Dessin.

DAUMIER

109 — Un Avocat.

Dessin à la plume.

DELACROIX

110 — Quatre Études au crayon.

DELACROIX

111 — Tigres couchés.

Aquarelle.

DELACROIX

112 — Étude au crayon.

HARPIGNIES

113 — Le Sentier.

Aquarelle.

HARPIGNIES

114 — Paysage (Soleil couchant).

Aquarelle.

HERVIER

115 — Paysage.

Aquarelle.

JACQUE (Ch.)

116 — Poulailler.

Dessin.

JONGKIND

117 — Étude de mer au Havre.

Aquarelle.

JONGKIND

118 — Marine.

Aquarelle.

JONGKIND

119 — Un Canal.

Aquarelle.

MILLET

120 — Paysanne assise.

Dessin.

ROUSSEAU (Ph.)

121 — Petits Chats.

Dessin.

ROUSSEAU (Th.)

122 — Paysage.

Dessin à la plume.

TROYON

123 — Bords de la mer.

Dessin.

TROYON

124 — Chiens couchés.

Dessin.

VOLLON

125 — Un Coin de Paris.

Dessin.

———

DESSINS

PAR

MARCELLIN DE GROISEILLIEZ

—

126 — Sous ce numéro, environ 50 Dessins par
de Groiseilliez.

EAUX-FORTES

127 — Douze Eaux-Fortes du vieux Paris, par
C. Meryon.

128 — Sept Eaux-Fortes par C. Meryon (Voyage
à la Nouvelle-Zélande).

129 — Une Eau-Forte par C. Meryon (Rare).

130 — Collection de six Eaux-Fortes de Ville-
vieille.

131 — Sous ce numéro, belle Collection d'Eaux-
Fortes par Daubigny, de Groiseillez,
Vallon, Ch. Jacque, J. Hereau, Corot,
Barillot, Braquemont, Detaille, etc.

MEUBLES ET OBJETS D'ART

132 — Beau Meuble en noyer, de l'époque
Louis XIII.

133 — Meuble en noyer, à deux corps.

134 — Deux Vases en faïence italienne.

135 — Une Statuette. Terre cuite.

136 — Lanterne en cuivre.

137 — Sous ce numéro, divers Objets: Chevalets,
Boîtes à couleurs, etc.

Vᵉˢ Renou, Maulde et Cock, imprˢ de la Compagnie des Commissaires-Priseurs,
rue de Rivoli, 144.　　　7386

RED. :

20

graphicom
379 89 70

0 1 2 3 4 5 6 7 8 9 10

www.ingramcontent.com/pod-product-compliance
Lightning Source LLC
LaVergne TN
LVHW021757060726
842528LV00003B/994